英　華　女　學　校
2023至2024年度
接龍小說創作比賽冠軍作品

合著

肖雋姝
丁　仔
李紫彤

繪畫

黃煦晴
郭千惠

目錄

百慕達三角

神秘的領域

百慕達三角，也被稱為「魔鬼三角」，是一個令人聞風喪膽的神秘海域。那裡曾發生過船隻和飛機莫名失蹤的案例，例如名為「星虎」的著名客機，在事發兩天後才被找到，登上新聞。

據說，經過那片領域的人，都會蒙受一個邪惡的詛咒。凡是受到詛咒的人，都會死得慘不忍睹，身體四分五裂，飽受折磨。還有人見過外星飛碟停在海面上，有外星人鑽進海裡，發出一絲絲幽幽的紅光，似乎在尋找一個至關重要的事物或真相。在暗黑的深淵裡，蘊藏著無數的怨魂，默默觀察著一切。他們的存在，至今無人知曉……

在接下來的故事中，四位非常要好的朋友被某種神秘力量帶到那片海域，還發生了一連串的冒險旅程。那裡藏著甚麼不為人知的秘密？他們能否解決所有困難，並且平安歸來？

引子
新聞報導

1948年1月29日晚上——

「機長！不可以！你信我一次……」

「閉嘴！吵吵鬧鬧，成何體統！」

「我……算我求你了，那個地方去不得，沒有人能生還，寧可信其有，不可信其無！不可以從上面飛過……」她幾乎是哀求一般。

「光噹噹！」一盞精巧的水晶杯砸得粉碎。女乘務員煞時臉色慘白。機長閉了閉眼，深呼一口氣，厲聲道：「我說過了，封建迷信不可取，這是最快最節省的航線，想改？我告訴你，

不、可、能！」隨即一手抓起文件，大步流星地摔門而去。

女乘務員絕望地跌坐在地上，眼神空洞地呢喃著。

1948年1月31日晚上，突擊新聞報導：「大家好，我是新聞記者林琳。名為『星虎』的四引擎圖多爾客機在1月31日凌晨，隨著混亂的無綫電波失去信號，失聯超48個小時。客機白色，長103米，機翼有黑色花朵的條紋標誌，見到請撥打1020-2030熱線，非常感謝大家的配合……」

與此同時，海岸流傳著的一首歌謠，輕輕地唱了起來：「花兒朵兒輕輕唱，魔鬼的大門打開了，純潔的羔羊們啊，歡迎來到地獄呀……」

第一章 沉默的假期

傍晚的涼風，吹起了路邊的枯葉，吹散了夕陽的餘暉。一抹皎潔的彎月爬上了樹梢，帶走火燒雲的粉藍和殘陽的光輝萬丈。天一寸一寸地黯淡下來了，從天藍到深青色，每一樣都是好看的、可愛的。

忽然，「啞……啞……啞……」的聲音響起，醜陋的烏鴉在空中盤旋，蒼老的榕樹，泛起涼意，詭異而安詳。

路邊，昏黃的燈光把少女灰黑的影子拉得頎長。

「而結果是，他自己拿著鉛筆！哈哈！好笑吧……」一位身穿牛仔連衣裙、扎著棕色馬尾辮的女孩扯著笑，試圖緩解氣氛。

另一位穿著鵝黃色T恤、白色長褲的女孩始終一言不發，再抬頭時，眼眶已經蓄滿了淚水。

「別哭。」

「可是……我們已經中六了……明年、明年……」

「嗯。」牛仔連衣裙女孩含糊道，聲音也哽咽了。她拍了拍另一個女孩的後背，示意她安靜下來。

「哇嗚！」一道男聲響起，「呦，嘖嘖，咱們婉琪大小姐居然被我嚇哭啦？嘻嘻。」

穿著T恤的女孩狠狠地瞪了他一眼，眼淚不爭氣地流了下來。

「唉唉唉……」男孩慌了手腳，「你可別哭啊，我……我不會哄女孩啊，要是知道我弄哭女孩子，老子一世英名就毀啦。」

謝婉琪氣呼呼地盯著他，像要把他盯出個洞來。

「對不起嘍。」他尷尬地撓撓頭。這個男孩叫白磊，很是討人厭。他比同齡人大一歲上學，還曾因為操行不合格被留級，但他聰明異常，後來又連跳兩級。

站在他旁邊的，是陸航，一班的班長，認真又操勞，是典型的老班長。挺想不明白他倆八竿子打不著的人是怎麼湊到一起去的。

氣氛僵硬，陸航又出來了：「那個……不如明天我們下午去淺水灣玩吧，可以在那裡過夜，還可以吃燒烤呢。」

這句話瞬間贏得所有人的同意。

「我帶一個橡膠皮艇，可以坐六個人，我們能自己在海上划船，多有意思啊。」

所有人都興奮起來，不過……除了林雨瑄，那個扎著馬尾辮的女孩兒。

「怎麼啦？」謝婉琪問。

「沒事沒事。」林雨瑄眼神躲閃道。她心裡一直有一種不好的預感，在陸航說話的時候，這種忐忑無限地放大，像要把她吞噬一般，但看著因為高興而臉色潮紅的小夥伴，哎呀，算了，還是不要掃興的好。

第二章 爺爺

下午四點，一行人從集合點出發。路上，四人嘰嘰喳喳，呃，除了一夜沒睡好的林雨瑄，頂著大大的黑眼圈，望著車窗外楓葉鋪滿的金黃色大道。

到了沙灘，他們支起帳篷，堆砌城堡。作為昨天的懲罰，白磊被埋在沙子裡，本來以為是玩玩，倒是沒想到他們三個下手那麼重，差點起不來了。

一片歡聲笑語。

「哎，不如我們去划船吧。」

「好主意！我居然忘記了這回事！」

就這樣他們坐上了橡膠皮艇，肆意地划著，感受冰冰涼涼的海水，是那麼柔軟與可愛。望著千變萬化的天空，火燒雲又來了，粉的，紫的，帶一絲兒藍的紫，帶一絲兒橙的粉……是寧靜而愜意的。

在他們划到離海岸一段距離了以後，意外卻猝不及防地發生了。

「琪琪！」雨瑄忽然驚叫一聲。謝婉琪軟綿綿地癱在了林雨瑄的身上。

「好暈啊，好香啊……」謝婉琪中邪一般道，話音剛落，她就暈死了過去。

「琪琪，琪琪！醒醒！」眾人用海水拍打她的臉，卻無濟於事。

「快划回去！」白磊果斷地說。

「咦？好香啊……你聞。」陸航陶醉地說。

「回去！陸航你在幹甚麼啊！」

陸航卻一下子直直地倒了下去。林雨瑄慌了，看見白磊的神情，馬上意識到了不對勁。

有毒氣！有人放毒氣！

「屋漏偏逢連夜雨」，正當兩人想划回去的時候，起霧了。白茫茫的一片，超過兩米的地方完全看不清。林雨瑄一顫，這霧有問題，絕對有問題！但一股睏意湧上來，她也暈了過去。

好香啊，是大海的鹹香混合著油燈脂膏和奇怪的肉香。好香啊……

再醒來，霧已散了，是清晨時分，海面波光粼粼，東方的天際吐露著魚肚白。一眼望去，是看不到盡頭的汪洋大海。慢著！汪洋大海？我們在哪？眾人臉上從疑惑、驚奇到恐懼，再到深深的絕望。

「怎麼辦啊，嗚嗚嗚……」婉琪嗚咽起來。事已至此，大家都沒了計策。

「這是……」雨瑄臉色慘白，手腳冰涼，抑制不住地顫抖起來。「不，不！」她歇斯底里地尖叫，抱著頭，痛苦不已。

「雨瑄，你冷靜一點，不用怕。」陸航握著她的手，安撫道。

雨瑄眼眸裡，是無限的恐懼，映出一片焦黑的大海。

過了一會，她勉強扯了扯嘴角，虛弱地說：「我記得這個地方，是……」她死死地咬著嘴唇，彷彿是面對吃肉喝血的惡鬼：「百……百慕達三角。」

三人哭笑不得，懷疑她精神有問題。

「哎唷，你又說笑了，這啥也沒有，你怎麼確定呢？」白磊笑咪咪道。

「不是的。」她的嘴唇泛起烏黑的紫，「你看。」她掏出懷裡的一張照片，上面是一位六十來歲的老頭，笑意盈盈，倚著航海船的欄杆，背後是藍幽幽的海。照片已經泛黃，邊角上

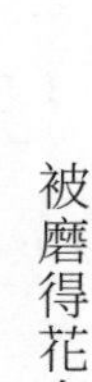

被磨得花白。

「這是我爺爺。」雨瑄說，「他是個冒險家，但他失蹤了，在從百慕達三角回來的路上。這是他生前最後一張照片。我看了很久，始終沒有找出來他失蹤的線索。」

良久，她再開口時，聲音染上哭腔：「爺爺從來不騙人，他說他會回來，給我帶海邊的貝殼和珍珠，還有最稀有的綠海藻球的……他騙我！」

「爺爺失蹤後，奶奶在兩年後就離世了。」

眾人低下頭，氣氛很沉靜，清晨第一縷陽光灑在他們身上。

「我要找爺爺。」雨瑄的語氣不容置疑，眼睫掛著淚珠，「我要找到他再回去。」

另外三人很訝異，但也不以為意，畢竟在這汪洋大海中尋找失蹤三年的爺爺，怎麼說也不太可能，他們只當是雨瑄意氣用事。

「轟隆隆……」一聲雷聲劃破天際，完了。雨點淅淅瀝瀝地砸下，把他們淋成落湯雞。幾分鐘後，雨勢不減反增，嘩啦啦地下，小船盛滿了水，被大風大浪吹得左右搖晃，處境艱險。

船還是翻了，四人落海，他們死死抓著對方。

在昏迷之際，林雨瑄聽見一道美妙的歌聲，是很空靈的，又帶著誘惑和愉悅，彷彿來自墮落進地獄的天使，像是宣判，又像是安魂曲般動聽。

最後一句是這樣唱的：「大地千瘡百孔呀，純潔的羔羊，請獻上，做血祭呀！」

第三章　鮫人

轉轉悠悠，一行人甦醒在古怪的山洞裡，洞裡佈滿著灰色的鐘乳石，凹凸不平，地上鋪著古老的鮮紅色地毯，天花板掛著上世紀的歐式吊燈，與環境形成鮮明的對比，還有家中常見的桌子和書櫃。

這麼一個暗沉的房間，雖然和普通的房間沒有大分別，但周圍的環境卻有種怪異陰森的感覺，令他們背脊發涼，更有種不好的預感，像一隻魔獸隨時吞噬大家。陸航眉頭皺成「川」字型，大家打量四周環境，以免有危險發生。

一轉眼，眾人瞳孔驚大，毛骨悚然。眼前卻是一片腥風血雨的場景——一隻奇怪的生物，令人捉摸不透牠是何方神聖。牠緊緊抓著地板，在地上匍匐前進，皮膚是青灰色的，手指之間還有蹼。

兩個巨大的眼眶空空如也，流著乳黃色的膿液，灰色的頭髮如枯掉的海草般，嘴裡堆砌著黑色和乳黃色的牙齒，是那麼的嚇人。最顯眼的是那條血紅色的魚尾，佈滿千瘡百孔的血洞，在泥濘的地面留下一條蜿蜒曲折的血痕，還伴隨著一陣的血腥味，難聞至極。牠難道是傳說中的鮫人？

「這……簡直是怪物啊！」

他們驚恐萬分，到底這是甚麼鬼地方啊。

一行人看著這個散發著魚腥氣味的鮫人，嚇得瑟瑟發抖。牠看起來命不久矣，拼命地掙扎著，朝他們伸出手，希望他們可以幫忙。雨瑄大著膽子上前，鮫人忽然緊緊地抓著她的手久久不鬆開，吐出幾個字：「快……快……快逃！呼吸……」他們就像牠最後的一根救命稻草。

婉琪本已經被嚇壞了，現在更是膽戰心驚，不由自主地閉上雙眼，放聲尖叫起來：「啊！啊……怪物會說話了啊！」震耳欲聾的聲音在這個房間裡迴蕩。

白磊無語地搖了搖頭道：「你比那隻死東西更能嚇死我呢，大——小——姐！」

在這種情況下他居然還有心情開玩笑！

第四章 逃亡

眾人驚恐不已，幾乎不敢吐口大氣，生怕一張嘴，已經提到嗓子眼的心就會跳出來。

雨瑄努力克制住自己的驚慌，强裝鎮定地問：「你……你是誰？我們怎麼會在這？怎麼回事？」

那鮫人的身體如同被蛀空的朽木一般，乾枯而虛弱。牠奄奄一息地伏在地上，艱難地喘著粗氣：「山洞……佔領，但是……」

「但是甚麼？」白磊已經急得手心冒汗。

「他……嗅覺……靈敏……」牠很費勁地說，咳出黑紫色的血來。說罷，便斷了氣。

其他人聽後臉色一沉，警覺的查看四周，發現山洞中散落著一些枯萎的植物和骸骨，流淌著螢光的綠色液體，似乎被甚麼東西席捲過，讓人毛骨悚然。眾人低聲商討著逃離的計劃，他們明白這裡早已是那個「他」的地盤，不敢肆意地輕舉妄動。

雨瑄率先提出：「『他』主要依靠嗅覺來追蹤獵物，只要能掩蓋自身的氣味，應該就不會被發現了吧？」

「沒錯，我們可以把泥土和草抹在身上，掩蓋自身的氣味。」白磊補充道。

「那多髒呀，太惡心了吧！」有潔癖的謝婉琪蹙起眉毛。

「大小姐，現在可不是矯揉造作的時候了，保命要緊！老子才不想英年早逝。」白磊翻了個白眼。

「唉，也只能這麼辦了。」婉琪嘆了口氣，妥協了。

「等一下！」細心的雨瑄說道，「我們還是先找一找防身的東西吧。」說罷，她翻找起來。

很快，他們把有用的東西都拿上了。雨瑄抱著地圖和一本放在書櫃中間的硬殼書；婉琪則對一塊發光的水晶愛不釋手；兩個男生漫無目的地穿梭在狹小的洞穴中，隨手抓了些錢幣和小珍珠。

眾人迅速按照指示行動起來。他們飛快地穿越山洞迷宮般的結構，時刻保持警惕，屏住呼吸，盡量不發出任何聲響，生怕一不小心就會暴露自身的位置而惹來殺身之禍。連最為嬌氣的婉琪也不再吱聲，死死地拽著雨瑄的衣襬，吃力地跟上眾人。

經過一番泥濘的逃亡，一行人終於看到了一束微光，揭示了通往出口的道路。他們馬上穿過洞口，來到了一片平地上。雖然還沒有完全脫離危機，但也總算是擺脫嚇人的洞穴，他們終於能喘一口氣了。

「『他』應該見不得陽光，在入夜之前我們算是安全了。」陸航安撫著大家。

「現在弄得全身都是泥巴，真惡心！」婉琪嫌棄道。

「大小姐，你是不是為了乾淨，命都不想要啦？」白磊翻了個白眼。

「那我不也還是照做了嘛……」婉琪小聲嘀咕著。

「行啦，你倆別再打情罵俏了，趕緊想想回去的辦法吧。」雨瑄翻了個白眼。

「誰跟他打情罵俏了！」他們異口同聲地大聲呼喝。

氣氛開始鬧騰起來了。

此時，他們絲毫沒有發現，就在不遠處，一雙如毒蛇一般陰冷黏膩的眼神，正在注視著他們。

第五章 木筏

在海灘的邊緣，微風輕撫著波光粼粼的海面。海浪輕輕拍打著岸邊，彷彿是大自然的心跳聲，是大地與海洋之間的默契交流。海浪聲和微風交織在一起，形成一曲凄美的旋律。

然而，儘管環境顯得很寧靜，卻彌漫著一股難以言喻的壓迫感，不久前的危機仍在眾人的心頭揮之不去。沙地上留下了深深的腳印，如同逃亡的痕跡，提醒著眾人曾經的無助和恐懼。

遠處，海平綫上浮現出一片漆黑的霧，宛如陰霾般黑暗的預兆。海鷗不再歡快的翱翔，而是默默地停在岩石上，似乎也感受到了即將來臨的危險。

眾人在平地上稍事休息，努力清理身上的泥巴。陸航走到海岸邊，觀察著周圍的環境，以免在危急時刻亂了方寸。突然，他們身後傳來樹葉顫動的沙沙聲，雨瑄警惕地回頭，卻甚麼也

沒有。「是我太敏感了嗎？」她自言自語道。

「咳咳，我們該想想接下來該怎麼辦了。」陸航擺出班長的架子。

雨瑄的臉上卻流露出一股悲傷：「百慕達三角，是一個充滿未知的地方，許多失蹤案都發生在這裡。我們這一趟，很有可能再也回不去了……」

「淨說些晦氣的話！與其在這兒坐以待斃，不如一起想想辦法逃出去吧。」白磊嘴上雖然責備著她，但還是試著鼓勵大家，提高士氣。

雨瑄若有所思地說：「爺爺在失蹤前說過，百慕達三角擁有神秘的能量磁場，能扭曲時空，導致時空重疊，讓原本不屬於這個世界的生物……」

婉琪耷拉著臉打斷道：「哎呀，誰想聽你的故事啦，真是煩死人了，我們還是做一個木筏離開這鬼地方吧。」

「你們別吵啦！白磊，這裡就屬你最聰明，你有沒有甚麼建議？」陸航問道。

「就按婉琪的主意先試試製作木筏吧。陸航，你可以去附近找些粗木頭……」

眾人又開始忙碌起來，分工合作。

黑夜中，一片寂靜籠罩著樹林，只有微弱的月光灑在大地上，勉強照亮周圍的景物。樹木在夜風中發出低吟，葉子沙沙作響，如同哀嚎的鬼魂在纏繞著人們的心靈。夜空中的星星黯然失色，似乎被一股力量遮蔽，只留下無盡的黑暗。

與此同時，雨瑄似乎聽到了一些微弱的聲音，從樹林深處傳來耳邊。出於好奇，她便獨自一人壯著膽子走了過去……

突然，她聞到了那股熟悉的香味，還來不及反應，就「撲通」一聲直直地栽倒在了地上，形如一具毫無生氣的傀儡。氣氛變得詭異而凝重，彷彿被一層壓抑的迷霧籠罩。

過了很久，老班長才率先反應過來：「雨瑄人呢？她剛剛不還在這嗎？」

婉琪一拍腦袋：「不好！她好像進了那片樹林，不知道有沒有危險，我們得趕緊去找她！」說罷，就急匆匆地到處尋找雨瑄的蹤影。

「你們是誰？」一道低沉而沙啞的聲音從身後傳來。

三人僵硬地轉過頭，心裡已經想過萬千種可能，只見在黑暗中，有一個蹣跚的身影，逐漸向他們走來……

第六章 重聚

「唉，你們終於來啦……」那位神秘人開口說。

三人對望一眼，然後仔細打量著這個人。他是一位衣衫破爛的老人，全身都是灰。

「咳咳咳，快走開！快走開！」婉琪皺著眉頭，將頭扭到了一邊。

「婉琪你別太過分！先生您是……」陸航忍著噴嚏，打破了這個尷尬的局面。

「我是雨瑄的爺爺啦！不要怕我。」當他看到婉琪將信將疑的目光後，又補上一句：「真的！」

白磊道：「我們剛剛在找雨瑄，您知道她在哪嗎？」

「啊！瑄兒不見啦？噢噢我大概猜到她在哪，你們跟我來吧。」

他帶領三人踏入樹林，來到了一片空地前。不同的是，這裡沒有樹木，只感覺到暖洋洋的陽光照在身上，非常舒服。眾人不自覺的伸了個懶腰。

老人獨自一人走向空地的中心。突然，地板開始轉動，發出劇烈的聲響，呈現出一副八卦圖。老人熟練地踩著不同磚塊，操作完畢後，又是一聲巨響。一個小木屋從地底升了上來。

婉琪全程縮在白磊寬大的肩膀後面，全身瑟瑟發抖。

「呦，沒想到婉琪你還是個膽小鬼！哈哈哈！」白磊嘲笑道。

婉琪嘟著嘴，臉刷一下變紅：「哼，人家這是……是怕冷！風太大啦！」

在這個時候，陸航已經隨著老人走進了木屋。「沒想到木屋竟然建在這片神祕樹林裡。」陸航驚奇道。

木屋的造型挺奇特的，它從外表看起來並不起眼，但是一旦進入室內，會被眼前的景象驚艷到。木屋內部的空間超乎想像的寬敞，彷彿進入了另一個世界，巧妙的結構設計使得木屋充滿了無限可能性。木屋的天花板很高，讓人感受到無拘無束的自由，柔和的陽光透過巨大的窗戶灑進室內，營造出溫馨和舒適的氛圍。

老人見三人吃驚的模樣，也沒多說甚麼，只是笑而不語。

「瑄兒你快出來吧，你的小伙伴們在等著呢！」

「爺爺？爺爺，是你！」

眾人只見一個跑得飛快的身影撲進了老人的懷抱裡（那肯定是雨瑄啦）。婉琪看得渾身不自在，她還是接受不了這個灰撲撲的老頭子。

「爺爺！我還以為你……」雨瑄哽咽道。眼淚滑過她的臉頰，散發出一種溫柔而純淨的情

感。雨瑄緊緊擁抱著爺爺，彼此間的情感在眼淚中得到了最真摯的傳達。

老人輕輕撫摸著雨瑄的頭，小聲地安慰她。其他人都沒有發現，老人的眼中放出異樣的光芒，露出了不太自然的表情。

第七章 回憶

老人轉過身，面向眾人，看起來和藹可親。

「孩子們。」老人溫和地開口說道，「你們一定很想知道我為甚麼會在這兒，對吧？」他的目光在眾人身上掃過，每個人都顯露出好奇和疑惑。

「對啊！」陸航冷靜地回答道：「為甚麼要帶我們來這裡？」

周圍的氣氛陷入了一種緊張的靜默中。所有人都靜靜地注視著這位老人，期待著他的解釋。

老人微微一笑，他的眼神中透露出一種智慧和沉思，回答道：「我是來幫你們逃跑的。因

為一些原因，我要永遠地待在這裡了，不過，這是一個可以幫助你們回到淺水灣的地方。在這個木屋中，蘊藏著一個特殊的能量磁場，它可以讓你們窺見過去在這片海域發生的事。」

「也就是說，我們可以目睹自己來到這裡的過程，是不是？」陸航和白磊的好奇心被激發起來，他們都希望能趕快回到香港。

「沒錯，這樣也有助於尋找回去的辦法。」老人肯定了他們的想法。

「沒想到時空穿梭居然是真的，實在匪夷所思！」雨瑄對爺爺露出崇拜的眼神。

「那我們該怎麼辦？」白磊追問。

老人微微頷首，笑著說道：「你們只需要放鬆心情，將自己完全交托給能量場，它就會引領你們穿越時間和空間，回到過去的片段。但是要注意，在過程中，你們會陷入沉睡，無法與外界交流。」

「陷入沉睡，就像被催眠一樣嗎？好像很危險的樣子……」婉琪局促不安地問。

陸航安慰著說：「雖然這聽起來有些危險，但這是我們回去的唯一辦法了。有雨瑄的爺爺在，應該不會遇上麻煩，別擔心。」

眾人點頭表示理解，儘管心中有些忐忑，但他們決定嘗試一下，希望能找到答案。他們感受到一股神秘的力量環繞著自己。木屋內部的氛圍更加奇特，充滿了神秘的符號和古老的圖騰。他們找到一個合適的位置，靜靜地閉上雙眼，全身放鬆，將自身交給這神秘的能量場引導。

漸漸地，眾人感覺到一股強大的能量開始在身體中流動，將他們的意識引導向未知的領域。他們感受到時空的轉換，意識都模糊起來，彷彿置身於一場夢境之中。在這片迷霧籠罩的景象中，他們看到了一片熟悉的大海，一片汪洋大海。

「快看！」婉琪驚呼道，她的聲音在幻境中顯得格外清脆：「這是我們莫名其妙來到百慕達三角的那天。」

「先別急著大呼小叫，我們得仔細看看到底是怎麼回事。」白磊難得這麼認真。

眼前的景象慢慢地清晰起來：一陣強烈的風暴襲來，巨浪翻騰，狂風呼嘯，天空中閃電交錯，黑壓壓的烏雲彷彿要滴出墨來，雷聲轟鳴。皮艇被風暴肆虐得顛簸不已，奮力地掙扎著。然而，一道巨大的海浪終究將它吞噬，橡膠皮艇深深地沉入海底。眾人心頭不禁一顫。

就在眾人陷入絕望之際，突然，他們的目光聚焦在一個熟悉的身影上——之前的那個鮫人。他揮揮手，浪平了。他把眾人拖進嚇人的洞穴中，然後伏在地上，假裝成奄奄一息的模樣。

眾人瞳孔放大，眼前的情景讓他們難以置信。那個他們曾經如此同情及感激的鮫人，竟然是欺騙及綁架他們的真凶！

陸航臉色凝重，不可置信地說：「這是……鮫人在自導自演！」

另一邊，在木屋內，薄薄的灰塵在昏暗的光綫下懸浮著，彷彿時間在這裡停滯不前。牆上

掛著的舊時鐘發出沉重的滴答聲，每一聲都像是危險的警告，在房間裡迴蕩。角落裡的蜘蛛網猶如逃不出的恐懼，緊緊地纏繞著每個人，氣壓低得令人窒息。恐懼在這裡游走，伴隨著每一個微弱的聲音，每一陣陰風，像是無形的手，緊緊地扼住他們的喉嚨，不寒而慄。

木屋悄悄地觀察著這一切，好戲開場了。

第八章 信任與背叛

黑夜籠罩大地，為遙遙的海水添上一抹靜謐的色彩，妖異的海風襲來，帶著異域的神秘風情，宛若來自大自然悽婉的悲鳴。

每一個人都靜默地坐著。老班長望著窗外發呆；雨瑄很認真的蹙著眉，翻看著那本厚重的硬殼書；婉琪耷拉著眼皮，儼然睏到不行了，懶懶地靠著雨瑄；白磊則漫不經心地把玩著雨瑄給他的照片。照片裡的林爺爺雖然頭髮花白，一雙眼睛依然炯炯有神，微笑的看著前方，和今天的老頭子似乎有些不同。

一天了，大家都已經精疲力盡了，在這二十四個小時中，逃亡、掙扎、疑惑、背叛，早已把所有人折磨得不成人樣。或許是緊繃的神經還沒放鬆下來，縱然大家連走路的力氣也沒了，大腦卻異常清醒。

白磊半闔著眼睛，腦裡的畫面一一浮現。忽然，白磊從懶人沙發上蹦起來，連話都說不利索：「爺爺……他不是，不是！」他的語氣一下變得很堅定，「雨瑄，爺爺的戒指是戴在哪個手上的？」

「問這個幹嘛？」雨瑄睨了他一眼，警惕道。

「你現在要回答我的問題！」白磊大聲吼道，瘋狂地打著手勢。

雨瑄委屈地撇撇嘴：「當然是左手啊。我記得很清楚，這可是他幾十年的習慣。」

白磊道：「可是他今天的戒指是戴在右手上的。我們該走了。」

雨瑄猛地把書合上：「你甚麼意思！」

「噓！」白磊緊張道。

雨瑄平時一雙溫和的杏眼，此時盛滿怒火。

婉琪不平道：「白磊哥，你不知道林爺爺對瑄瑄來說有多重要嗎？說不定只是記錯了呢。開這種玩笑有意思嘛？一個戒指罷了。」

白磊冷冰冰地盯著雨瑄：「習慣和記憶是兩碼事。雨瑄，你應該不會不知道吧？大家都是聰明人，我猜你絕對早就發現了吧？嗯？」

雨瑄愣了一瞬，隨即眼眶泛起了細密的淚水，啜泣道：「我不知道你在說甚麼，那是我的爺爺……」

老班長不滿道：「白磊，胡鬧也要適可而止，把女孩子惹哭，好玩兒嗎？」

婉琪則摟著雨瑄，狠狠地瞪著白磊。白磊執著地盯著雨瑄，死死地咬著嘴唇。雨瑄終於拿起一個小本子，一言不發地站起來，朝著爺爺的房間走去。

「收拾東西吧，準備走。」白磊吩咐道，「她終是妥協了。」

另一邊廂，爺爺正在睡覺，被雨瑄進門的聲音吵醒了。

爺爺笑著起來道：「瑄兒，來啦。」

雨瑄瞥了爺爺的手一眼，戒指穩穩地戴在右手的無名指上，她的臉色沉了沉。

「嗯。」雨瑄伏在爺爺的懷裡哭了起來。在爺爺面前，她永遠是長不大的娃娃。

「這些年……你過得好嗎？」爺爺關切地問，帶著寵溺的眼神，歲月已在他的臉上刻下年輪。

雨瑄就聊起了以前的時光，臉上是從來沒有過的快樂。

「爺爺，你的小孫女渴啦！」

「好，好，爺爺去拿水壺。」

雨瑄的笑容在目送爺爺離開後，僵硬地凝固了一瞬間。

等喝完了水，雨瑄和爺爺告別：「晚安了，爺爺，明天見。」

見到其餘眾人，他們都收拾好了，準備離開。婉琪趕緊迎上來，把雨瑄上下檢查了一遍，確認沒事後才鬆了一口氣。

雨瑄和白磊交換了一個眼神。

白磊說：「趕緊走，時間只有十二個小時了。」

「甚麼？」班長疑惑極了。

「沒甚麼。」雨瑄說，「別著急。」

第九章 悄悄

深海是牢籠，恐慌和懷疑如潮水般湧來，像造物主對螻蟻無情的諷刺。

為保安全起見，所有人排成「一」字型，像大雁一樣，乘著前面的人的水流，會更快一點。就這樣游了三個小時，可以看見最上層的海浪被妖異的血紅籠罩著，是日出。

大家早已累得連話都沒力氣說了，但手腳依然不敢放鬆，在雨瑄的帶領下麻木地向深淵的黑暗游去。當大家游到更深的海底時，由於水壓的增加，耳朵微微發痛，這讓他們感到不適。

「瑄瑄，我們為甚麼要游到那麼深的海底啊？我的耳朵好痛啊！」琬琪憋不住靜默，開口問到。

「別說話，跟著我游就是了。」雨瑄冷淡地回答到。

「而且自從那一連串的詭異事件發生後……我們好像能在海底說話和呼吸了……」琬琪頓了頓，便不再發言。

雨瑄正回頭怒視著她，她疑惑極了，卻不再開口了。

此刻，周圍漆黑一片，只有微弱的光線透過海水閃爍，形成詭異的陰影。湍急的水流帶著碎石和廢棄的海洋殘骸不斷擦過他們。在荒蕪的海底，他們完全無法掌控方向，只能任由水流帶著他們向深處流去。微弱的光線讓他們幾乎無法看清周圍的環境，他們只能看見陰森、扭曲的海底景象中，自己的身影在一片荒蕪之中顯得如此渺小。

眾人感到深深的壓迫感圍繞在身邊。在這片黑暗的海底，他們只能盡力游動，試圖逃離這片廢棄和孤獨。然而，墜入無窮深的水底深處，他們陷入了越來越深的無助中，被周圍的廢墟所淹沒。

大家一聲不吭，感受著水流厚重的底蘊，不時傳出聲納的脆響，像幽靈一樣。

「雨瑄，我怎麼感覺你有點奇怪啊。」白磊蹙了蹙眉頭，「你從下水以來心情就很煩躁，而且你的臉色好差啊。」

煞時，所有人望向雨瑄。

「沒……沒有啊。」雨瑄訕訕地說。她的臉色慘白慘白的，沒有一絲血色，不像個活人，飄散的長髮更給她添了幾絲妖異，像一個水怪。

陸航點頭附和道：「我也覺得雨瑄不對勁，但說不上是哪兒。」

「琪琪，對不起，我剛剛不是故意的。我可能是有點累到了，大家不用擔心我。」雨瑄低著頭，讓人摸不著情緒。

慢慢地，海水從混濁漸漸變得清澈了，一座巨大的城市映入眼簾。嗯，與其說是城市，更

像是廢墟，了無一點生氣，殘垣斷壁。散落的小屋，簇擁著一座冰宮殿，奢華至極，像是粉雕玉琢的水晶，反射出五彩斑斕的光，相互輝映，卻冰冷無情。他們游近之後，竟然能雙腳著地行走，不受水流影響。於是，大家便停在這個海中城市的邊緣外，有些無所適從。

雨瑄把頭髮扎了起來，打起精神，恢復成若無其事的樣子。

婉琪終於崩潰了，她嗚咽著說：「為甚麼？為甚麼！沒有一個人，我們怎麼回家？有人嗎？有沒有人能幫幫我們？我好害怕……我不想死……」

白磊拍了拍婉琪，柔聲安慰著。

雨瑄淡淡地說：「沒有人不一定是個壞事，但有人絕對不是一個好事。」

婉琪疑惑地抬頭看著她，她臉上並沒有甚麼異樣。

「我猜，這麼大的城市，不可能一個人也沒有，我們還是先走走看。」白磊提議道。

雨瑄輕嗤了一聲：「你怎麼確定會有『人』？」她在「人」字上加重了語氣。

眾人十分不解。

第十章 詭異的國度

在這片荒蕪的海洋中，眾人別無選擇，而這座城市，也是他們活下去唯一的希望。

一行人小心翼翼地向城市靠近，沿途路過了無數小屋。小屋的屋頂已經倒塌，只剩下支離破碎的木梁和殘留的泥土。屋子外牆的油漆已經被海水沖刷脫落，看起來也經歷過很多個年頭了。屋內空無一物，剩下的只有寥寥無幾的小魚，毫無生氣地在水中漫游。

越過這些零落的小屋，彷彿經過時空的轉換，從破敗的世界踏入了繁華的城市。這座城池與小屋殘破不堪的樣子截然不同，整座宮殿在海中閃耀著光芒，比世上任何建築都更宏偉、更壯觀。

它矗立在海底，巍峨而高聳，外牆由無數晶瑩剔透的冰晶建構而成，每一塊冰晶都散發著

寒光。牆壁上刻滿了精細的浮雕，描繪著各種海洋生物和神秘的符文，而且鑲嵌著珍珠般的寶石，閃爍著柔和的光芒，寶石把宮殿點綴得更加華麗。宮殿的屋頂上，冰柱垂掛下來，散發著冷冽的氣息，彷彿在警示著眾人前方的危險。

「噓，裡面可能會有人，大家放輕步伐，不要驚動了他們。」白磊壓低嗓子，引領眾人進入宮殿。

隨著大門打開，海水輕輕流過，帶來微弱的漣漪。當大家踏入冰宮的內部時，他們立刻感受到一股陰森怪異的氛圍，他們瑟瑟發抖地觀察著四周。雖然身處海中，海水在他們身邊流過，奇怪的是，他們仍可步行，沒有受到海水的浮力影響，而四周物件也彷似有固定位置，沒有受海水流動而擺動。

宮殿內部的地面被厚厚的冰霜覆蓋著，上面還殘留著一個個腳印。宮殿內部非常寬闊，錯綜複雜，迷宮般的走廊和房間無盡延伸。沿著走廊行走時，婉琪總感覺一陣陰風吹過，一路躲在白磊身後，緊張的抓著他的衣角。有時候，他們甚至能聽到微弱的低語聲，彷彿陰魂不散地

在他們身邊躁動。

宮殿內的房間充滿了詭異的景象。有些房間中散落著古老的冰雕塑，它們姿態怪異，似乎表演著某種恐怖的舞蹈。其他房間則充斥著刺耳的回聲，還有海洋生物的殘骸，彷彿在訴說著它們的冤屈，讓人不寒而慄。

眾人望向宮殿深處，卻不見盡頭，黑洞洞的，一股邪惡的力量似乎在那裡縈繞。

「甚麼時候才能走到盡頭啊，好想快點離開這裡……」婉琪弓著腰，蜷縮在白磊身後，死死握緊他的手臂。她的聲綫止不住地顫抖，渾身哆嗦。

「再走走看吧，說不定能打聽到甚麼。再說，我們也沒有地方可以去了……」陸航嘗試鼓勵她，但語氣中還是藏不住內心的恐懼和絕望。

過了一會兒，眾人看見遠處有個模糊的人影，不久後便傳來了一陣窸窸窣窣的聲音。

「我們是不是應該跟上去看看？」陸航彷彿看見了救命稻草。

「我感覺這好像是一個陷阱，要不還是算了吧……」婉琪有種不祥的預感。

「都走了那麼久了，就這麼放棄不太好吧？何況我們也沒有別的辦法了。」雨瑄無奈地嘆了口氣。

「對，我們不就是來找人幫忙的嗎？要是走了，就真的沒有希望了。」白磊只好同意了陸航的提議。

他們猶豫片刻後，還是克服了心中的不安和恐懼，隨著聲音的源頭繼續前進，揭開這座城市背後的神秘面紗。

第十一章 神秘的鮫人

「我說的事，辦了嗎？」一把不屑的聲音傳來。

「辦了辦了，大人您的吩咐怎能不從？」另一把聲音奉承著。

映入眾人眼簾的是兩條鮫人，和那個綁架他們的瘋鮫人不同，牠們的魚尾是熒光綠的，沾著黏液。頭髮盤成了十幾條辮子，像黏膩的毒蛇一般隨水流扭動。游在後面的鮫人，手握著一條藤條，其頂部有一個駭人的、佈滿血絲的眼睛圖騰，雕刻得極其生動，像隨時要睜開似的。

唯一相同的是，牠們都有深深凹陷下去的、乾癟的眼眶，讓人起了一身雞皮疙瘩。

婉琪白眼一翻，差點尖叫起來，白磊和雨瑄把她死死地按在地上，在婉琪極力地控制住自

己後，白磊這才喘了口氣，雨瑄的額頭上已經泛起細細密密的汗珠。慢一拍的陸航這時才反應過來，整個人已經呆了。

「唰唰唰」，海草搖曳的嚓嚓聲驚動了兩個惡狠狠的鮫人。

其中一個皺起眉頭，咒罵起來：「不死的東西！偷偷摸摸甚麼？叫你們來是看門的。偷懶？沒用的畜牲，甚麼東西都是容得偷聽的？你們幾個下次再惹得長官不痛快，讓你們吃不了兜著走，媽的。」隨即他諂媚地望向長官。

長官抬了抬下巴，很是受用，傲慢地背著手游走了。

「長官，您上哪兒去？要不要我跟隨您啊？」那鮫人討好著。

「好好當你的差！別一天天的，淨整些有的沒的。」

「好勒，您慢走哈。」

很快，那個肥胖的身影就在視線中消失了。

「呸！」小弟輕蔑地朝他的方向瞥了一眼，「狐假虎威。」

「小兄弟們，別躲了。」小弟換上正常的聲線，壓低音量道，像是在躲避著甚麼東西的追蹤，左顧右盼，確保周圍沒有人。

海草叢裡，婉琪推了推雨瑄，示意她回應一下這個看起來還挺友好的「人」。

雨瑄輕輕地搖了搖頭，卻緊緊咬著唇，注視著前方。看見她這麼緊張，大家心裡都有點忐忑。

見沒人應答，小弟自顧自地介紹了起來：「你們來的時候不好，正趕上助手的計劃了。全城四分之一的人幾乎都被抓去看守『糧倉』了。喏，就在那裡啦。」

牠指向遠處一座不起眼的白色建築，仔細看就會發現，牆面做得很細緻，不像是糧倉，卻

像是一個秘密基地。

「你到底是誰？」雨瑄終於忍不住了，問道。

「我是淵粼啊！」牠笑出淚來，低下頭，像是在沉痛地哀悼著，「別回來，淵靈，我多希望你別回來！」他的臉色從恐怖的青色變得蒼白。

「淵靈，你們都見過了。把那枚鷹眼石交給一個叫『幽』的鮫人，你們務必找到她，她一定能幫你們離開。」說罷，牠拿出一張古老的地圖遞給雨瑄。牠呆滯地望著雨瑄，伸出佈滿鱗片的、灰青色的手，又無力地垂下。

她彷彿看見牠猙獰的臉上浮現出不忍和悲哀。

「請獻上，做血祭吧！」一把空靈的歌聲傳來，牠輕輕地消失了，在搖曳的燭光中，模糊了影子。

海水恢復寂靜，那個鮫人的出現就像幻覺一樣。

第十二章　尋找

「你們……覺得牠的話可信嗎？」陸航問道。

「我覺得……」

「不可信！」雨瑄搶在婉琪的前面說出了自己的觀點。

眾人都疑惑地看向雨瑄，她才緩緩開口：「淵靈是誰？」

粗心大意的婉琪拍拍腦袋：「哎呦，對哈，我還不太懂當時牠說的甚麼意思哩。」

「牠是不是……那個綁架我們的鮫人嗎？」陸航慢悠悠地說，他的腦子向來不太靈光。

婉琪倒吸一口涼氣。

白磊拍拍她，轉過頭問道：「他是爺爺的同黨，你怎麼能信呢？」

雨瑄翻了翻白眼：「爺爺讓我們住在他的家裡，又好吃好喝地招待我們，就算他可能不一定是真的爺爺，但你居然被來歷不明的人的簡簡單單幾句話便蒙蔽了。真是好笑啊。」

「萬一是他事先準備好的呢？」白磊底氣不足道。

「大哥，爺爺只是第一次見我們，這玩意怎麼事先準備那？魔法？預言？」雨瑄哭笑不得。

「可是……」白磊依然不死心。

「磊哥，瑄瑄還能害我們嗎？你就信她一回唄，她說得又沒錯。」婉琪撅著嘴，氣鼓鼓地說。

「就是呀。」陸航也點點頭，走過去和雨瑄站在一起。

「好吧。」白磊無奈地笑笑，見婉琪都這麼說了，立即敗下陣來。

婉琪挽著白磊，衝雨瑄眨了眨眼睛：「接下來該怎麼辦啊？天都黑啦。」

「縱然牠的話不可信，但我們還是要去找『幽』，那或許是一個線索。」雨瑄揚了揚手中的地圖，「但當務之急，是要找一個地方過一晚，好好休息一下，順便吃個飯。」

這時，大家緊繃的神經才放鬆下來，立刻感覺到困倦和飢餓。算起來，他們又已經二十幾個小時沒吃飯了。

「那邊有個叢林，應該有可以吃的海草。」雨瑄提議。

「你怎麼知道哪些是可以吃的？」陸航震驚極了。

雨瑄笑咪咪地說：「都是靠它啦。」原來是那一本從山洞裡找到的古怪硬殼書。

陸航更加震驚了：「你看得懂？那不是亂碼嗎？」

雨瑄點點頭：「這些字和甲骨文特別像，應該是其演變的文字。」

陸航震驚得話都說不利索了：「你看得懂甲骨文？甲骨文會在百慕達三角被發現？」

「嗯，這個是比較複雜的地理理論，呃，至於我能看得懂甲骨文，是，嗯，之前有看過一本書……」迎著婉琪和陸航崇拜的眼神，雨瑄有點不好意思，磕磕巴巴地解釋道。

在這片神秘的水下叢林中，海藻就像柔軟的絲綢般懸浮在水中，散發出各種綠的光澤，有的像碧玉般透亮和清澈，有的像翡翠一樣閃閃發亮。海藻的葉片柔軟而細膩，隨著水流輕輕搖曳，宛如舞者在水中翩翩起舞，散發出令人陶醉的美感。叢林中還有一些罕見的珊瑚，彩虹般絢麗多彩，散發著耀眼的光芒，一個個如寶石般閃亮奪目，將這片水下世界點綴得豐富多彩。

隱藏在叢林角落的水草，則是一片片綠色的小風暴，每當魚群經過，如同綠色的浪潮一般

輕輕搖曳，增添一絲生機和動感。每一株植物都是這片水下王國的護衛者，讓這片神秘的水下叢林充滿著生機和神秘，宛如一幅幽靜而美麗的畫卷。

很快，他們在偏僻的叢林中找到一個偌大的石礁洞。那裡很隱秘，不容易被發現。

「我們就宿在這裡吧。」白磊建議道，大家一致同意。

夜晚總是漫長而寥落的，月亮倒映成了一浪一浪白亮亮的潮水。眾人都昏昏沉沉地睡去，而她卻靜靜地盯著窗外發呆，一顆晶瑩的眼淚滑下她的臉頰，溶進了冰冷的海水。她不知道這個決定是不是對的，但她不想拖累其他人。

第十三章 踏上旅途

晨曦來臨，為焦黑的海水添上暖意，眾人睡眼惺忪地醒來，抬頭就看見雨瑄拿著地圖仔細地畫著甚麼。

「雨瑄，你不睏嗎？」陸航問。

「啊？不是啊，我才剛醒。」雨瑄忙說。

「你少糊弄我們。看樣子，你都醒了好一會了。」婉琪嗔怪道。

「林雨瑄，你真神奇。」陸航由衷地讚嘆道。

雨瑄尷尬地撓了撓頭：「嗯，我在想怎麼去找到『幽』，按照地圖，我們要翻越很多個海

溝，這並不現實。但是，我們可以從旁邊繞過去！」雨瑄高興極了。

白磊奇怪地問：「大姐，這條路線比原本的路線遠了三倍不止，這也不現實好嗎？」

「白磊哥啊，你真的太膚淺了，從墨西哥灣經佛羅里達海峽流出的佛羅里達洋流，達 150 公里，洋流深 800 米，每晝夜流速為 130 至 150 公里，只要四天就能到達了，剛好我們在這個季節，真是天助我們。」雨瑄很激動，她一激動，就開始拋出一堆數據，聽得眾人眼冒金星。

「咦？你們怎麼啦？」雨瑄看著目瞪口呆的三人。

「你是怎麼知道百慕達三角的洋流的？」眾人驚訝道。

「呃，是……之前看過一本書。」

「我真好奇你的腦子是甚麼做的，十二個小時內你震驚了我五次。」陸航疲憊地感嘆。

「不愧我的好姐妹，就是頂呱呱的聰明。」婉琪得意地摟著雨瑄。白磊看見婉琪高興，自己也高興起來。

「走，我們去昨天的海草叢摘點食物。」白磊道，「就算可以很快到達，我們總不能四天不吃不喝吧。」

大家摘了很多食物，海珊瑚蟲、蓮海草、蚌殼果、蜘蛛蝦葉，還有一些像椰子一樣的果實，裡面有鮮甜的汁液。雖然這些食物的賣相確實不大好，但味道卻很不錯。

第十四章

啟航

在採集完旅途中所需的一切食物後，三人跟隨雨瑄畫的新路綫，啟航尋找「幽」的所在地。

「各位，洋流是很危險的，稍有不慎就會被水流帶離，大家要跟緊我。」雨瑄提醒著眾人。

隨著眾人游進洋流，他們頓時被強勁的水流推動，洋流將他們帶向遠方。他們的身體被洋流包圍，水流的速度不斷變化，有時迅猛湧動，有時則輕柔地撫摸著他們的皮膚。

眾人隨波逐流，面對洶湧的洋流，他們只能踢動雙腿，用手臂奮力划動，保持平衡和穩定。起初，他們無法掌控方向，只能任由水流帶著他們向深處流去。

漸漸地，他們隨著水流的潮起潮落，律動著身體按節奏起伏，感受著這股強大的力量，疾

速前行。面臨洋流的不確定性，眾人始終保持著冷靜和專注，並且互相照應，彼此的默契在水中彰顯。他們很快便適應了洋流，與水流融為一體。

相比起上一次，他們漫無目的地在海底游動，只有深深的無助和絕望，這一次他們輕鬆了許多，堅定地朝著目標前進。就這樣，眾人趁水流減緩時游出洋流，歇息過後又重新上路，游了三天三夜。

隨著眾人逐漸向目的地靠近，雨瑄的臉色也越來越不自然。

「啊！瑄瑄，小心！」婉琪大叫著呼喚雨瑄。

雨瑄回過神來，眼看就快要撞上面前的岩石，她來不及躲閃，嚇得緊閉著雙眼。白磊眼疾手快地推開了雨瑄，她僥倖地逃過一劫。

「你沒事吧？」婉琪急忙上前察看。

白磊見她眼神恍惚，就主動提出：「她可能是游累了，接下來就由我帶領大家繼續前進吧。」

「我沒事兒，只是不小心走神了而已，你們不瞭解百慕達三角的洋流，還是由我繼續帶頭吧。」雨瑄強壓著內心的恐慌，拒絕了白磊。

「游了這麼久，大家都已經適應洋流，也是時候換個領頭羊了。雨瑄，你先休息一會兒吧。」陸航同意了白磊的提議。

「對啊，要不是磊哥，你可能就沒了，這種事情可不能再發生了。」婉琪也跟著勸說她。

眼看大家都這麼擔心她，她也只好妥協了。眾人跟隨著白磊，繼續這場旅途。

經過了三天的旅途，眾人終於看見了一座牢籠般的島嶼。不對，牢籠？怎麼會是牢籠？他們下意識地停了下來。

「怎麼感覺不太對勁……」白磊嘀咕道，他張開並擺動雙手，示意眾人不要靠近，大家連連向後退。

隨著眾人警惕起來，一把洪亮的聲音穿透這片海域：「歡迎，我們的新夥伴。」

第十五章 血脈

「咔嗒」，是門把被擰開的聲音。這時只有雨瑄在這裡，其他人仿似消失了。

一陣詭異的沉默過後，一道機械而空靈的聲音響起：「淵靈？是你？」

「是的，幽。」雨瑄答道。從進來起，她就一直在尋找「幽」的身影，可惜只有一把分不出男女的威嚴的聲音在偌大的禮堂裡迴蕩。

「兩百年不見了。」

「你知道你回來的原因是甚麼嗎？」幽冰冷道。

「我知道，而且我不是『回來』，是『意外』。」雨瑄對這個「人」充滿敵意，反駁道。

「嗯，你確實和我記憶中的淵靈相差無幾。」幽滿意地開口，「你的那幾個小夥伴，打算怎麼辦呢？」

「我難逃一劫，但請放了他們，他們是無辜的。」雨瑄十分平淡，彷彿只是在談論一件無關緊要的小事。她低著頭，很努力地克制著自己顫抖的聲音，指甲深深地嵌入掌心，留下一道道驚心觸目的血痕。

幽聽見雨瑄的話後，玩味地笑笑：「在這場奪命的戰爭裡，沒有人是無辜的，何況他們對你很有用。在種族血脈和友誼之間，你需要做出取捨。」

雨瑄冷冷地回應：「知道了。」

「那你知道怎麼做嗎？」幽沒好氣地說。

「我不想知道，也無需知道！」雨瑄幾乎是吼著說出來。

「真是個孩子！好吧，我明白了，可是我有義務要告訴你啊。」幽溫柔地說，「萬一有用呢？」

一張平坦的綠海草漂到雨瑄的面前，伴隨著一個小小的盒子。她猶豫地頓了頓，還是收下了。

「友誼可能很重要，但是一個種族的生存卻更加重要，我希望你明白。」幽淡淡地道。

「現在，你需要做的最重要的一件事是，到時候你在糧倉見到一個藍色的被冰封的心臟，讓它停止跳動。你懂我的意思的，它是江穆的能量來源，也是他手上最鋒利的把柄。切記，不可有一絲的疏忽。」幽加重了語氣。

突然，一道金色的光芒讓雨瑄急忙捂著了眼睛。一看，是一顆閃閃發光的小石頭，浮在雨瑄的眼前。

「這是一顆鷹眼石，是用我們全族人的第三隻眼睛和心脈血提煉出來的結晶。在危機關頭，你割上三滴血激活它，或許能保你一命。」

「明白了。」雨瑄默默接過那顆古怪的小石頭。

那顆寶石傳出一股濃郁的香氣，是一種混合著肉香的血腥味，她感覺這種味道似曾相識，腦袋卻像是被狠狠撞過，甚麼也記不起來。

「你沒有別的問題嗎？像是……江穆的來歷？咳……咳咳！」幽的聲音小了很多。

雨瑄一言不發，像認命一樣靜靜地聽著。

第十六章　童話

「你比我想像中聰明得多。江穆的確是個人類，欸，我相信你看過人魚公主的故事吧，那個美麗懦弱卻落得悲慘至極的下場的人魚公主，牠是真實存在的。」

雨瑄震驚地抬頭。

幽繼續說道：「而人魚公主卻不比童話中的樣子，就像長了眼睛的……那些鮫人，滿身的魚腥氣，有著凹凸不平的青色皮膚，遭到人類的唾棄。其實牠就是你兩歲前的養母，名為丑怨，是巫族最後的女兒，牠們的血脈就在她那裡斷了，」

「在牠變成人類後，王子看見她恐怖的模樣，直接將她拋棄了，她憤怒極了，一刀刺死了王子，卻善良地留下了他的遺腹子，簡直愚蠢至極。」

「就這樣她釀成了大禍。那個遺腹子長大後，從你母親給王子的玉佩中發現了我們長生不老的秘密，便展開激烈的報復。」

「他殘忍極了。」幽的聲音染上一絲悲痛，「他把你母親的血液製成武器和毒藥。最可怕的是，他得知了我們的存活規律：萬毒可解，死能復生，卻無法抵抗血親之災，也就是背叛。」

「他迷惑了我們的族人，挖掉我們的眼睛，讓我們以為他是我們的領導者，把鮫人抓去製成毒藥。」

「而現在，只有你可以與之抗衡了，你是純正的上古血脈的繼承人，不信你看，其實你的血是綠色的，對吧？」

「那我是誰？我不是鮫人對嗎？」雨瑄疑惑地問到。

「我不肯定，但你應該是鮫人族的。我們不知道你是哪個支派的鮫人，不過按輩分，你應該是和我太奶奶一輩的。你已經三千歲了，而你的神聖血脈來自十一萬年前的遠古，我們還以為早就滅絕了。」幽頓了一頓。

「我和丑怨是在一個海溝里把你找到的，那時候，你還是個孩子啊……」這時幽轉為溫柔聲調續說。

「你是那個巫婆，對嗎？」雨瑄驀然開口。

「不愧是我的淵靈。該告訴你的，你都知道了，是時候做出選擇了。」幽虛弱地說。

「嗯。」雨瑄沉沉地應了一聲，拿上那顆血腥味的石頭，靜悄悄地離開了。

屋子里，那個半石化的鮫人徹底變成了一座毫無生氣的雕塑。

「我以全族的血脈，祝福你，淵靈……陛下。」

第十七章 掙扎

「雨瑄，你沒事吧？」

雨瑄回過神來，自己又身處陰冷狹長的走廊，雨瑄重見自己的幾個小夥伴。

婉琪撲上來摟住雨瑄：「你進去了一個多小時，我們好擔心你，你沒受傷吧？你找到回家的辦法沒有？」婉琪說著，仔仔細細地把雨瑄從頭到腳檢查了一遍，見她沒有受傷，才把提著的心放了下來。

「你怎麼哭了？」陸航關心問道，他想給她擦擦，又不太好意思，手就這樣僵在半空。

「啊？是嗎？」雨瑄抬手一抹，才發覺臉上全是溫熱的淚水。

「剛才你突然不見了，那把聲音是誰？牠是不是對你說甚麼了？別哭，就算天塌下來，也有我們擋著。」白磊拍了拍她。

「沒事兒。」雨瑄心裡暖暖的，這種被大家關心的感覺令她渾身不自在，她向來只有保護別人的份。現在面對大家的噓寒問暖，她倒覺得很不自然，難受極了，像是螞蟻在身上爬一樣。

雨瑄平復了情緒，遞給他們一人一株巴掌大的海草葉子，這片葉子很好看，藍晶晶的，發出微弱的光芒，像是星空一般。

白磊皺了皺眉頭，有些嚴厲地問：「這是牠給的嗎？」

雨瑄不以為意地揮揮手：「牠給的是這個。」她攤開手，映入眼簾的是幾顆小小的果實，是很漂亮的乳白色，還有一股清新的香氣，混合著奶香，看起來好吃極了，讓人直咽口水。

「我去找了和這個果實藥性相反的植物，就是你們手上的葉子。我們只需要在七天後的午夜潛入穀倉就行了。」

「牠不會騙你吧？」婉琪問道。

「我也不知道。」雨瑄無奈地搖搖頭，「好歹試一試，我在那本奇怪的書裡查過了，這個葉子沒有副作用，卻也沒有說明用處，確實可疑的很。」

「好吧，起碼有點發現，不至於一籌莫展。」婉琪嘆了口氣道。

「琪琪，你會為了別人放棄自己的生命嗎？」雨瑄忽然問道。

「你咋突然問這個問題呀？嗯，如果是你的話，我會。」婉琪天真爛漫地回應，眼底像是星星一般的璀璨，「如果有一個人能讓我放棄自己的話，那我一定很愛他，如果可以讓他活下去，我一定很高興，像童話裡的人魚公主一樣，多美好呀。」她轉頭看看白磊，問：「你呢？磊哥？」

白磊笑瞇瞇地看著她：「那麼你口中的那個人萬一因為失去你而殉情呢？萬一你倆都死了呢？」

婉琪糾結地想著：「唔？那怎麼辦呢？」

雨瑄低低地笑了，她拍拍婉琪：「傻孩子，別想了，我只是隨便亂說的，你居然還那麼認真，真是好笑。」

「啊？是麼？」婉琪眨眨眼，不太理解雨瑄的意思，「那你問這個幹甚麼？」

雨瑄眼裡閃過複雜的情緒，無神地呢喃著：「是啊，你說的沒錯，童話多美好啊，可惜童話終究是童話啊。」

「為甚麼我們不可以相信童話呢？」婉琪憧憬地說，「我最喜歡童話了，特別是小美人魚，真是一個悲慘的故事，如果她能踏出那一步，向王子表明心意，結局應該是幸福美滿的。」

雨瑄無奈地笑了：「這是不可能的，與美麗的公主聯姻得到的財富和地位，和一個無權無勢的啞巴女孩帶來的『愛』比起來，你覺得王子會選哪一個？萬一被公主發現她和王子告密，她連保命都成問題，你知道的，在那個時代，人命如草芥。最好的結局不過是成為王子其中一個不得寵的妾侍，一個久困深宮、鬱鬱而終的妃子罷了。」

雨瑄嘆了口氣，揚起一抹苦笑：「說不定，化作泡影已是她最美好的結局了，這本就是一段孽緣。」

婉琪紅了眼眶，卻不得不認同：「現實往往是殘酷的，或許你是對的。」

第十八章　返回

眾人在海底待了很久，都想上岸休息一下。這時，有輛機械飛船駛向他們。它看起來嶄新無瑕，裡面的設施也挺齊全。

坐在駕駛室裡的蒙面人熱情地打著招呼：「你們迷路了嗎？我可以免費載你們回到岸邊哦！」

婉琪和陸航見到有救星了，二話不說就率先登上飛船，其餘兩人也只好跟上他們。

白磊小聲質問道：「你倆也不先仔細觀察一下，萬一他是壞人呢？這趟旅途總是凶多吉少，要長點心啊！」

婉琪嘀咕道：「我看他這麼熱心，也不像是壞人嘛……」

陸航也附和著：「他邀請我們坐全新的飛船，已經是對我們的好意了，你別整天疑神疑鬼的啦，真是的。」

上到船，雨瑄靜靜地坐在一旁，沉默不語。隨著飛船逐漸靠近岸邊，他們重新看到陸地了。不過，雨瑄的臉色逐漸變得凝重起來。她覺得有些不妥當，突然腦海閃過一抹畫面。

那是……江穆和他的機器人！婉琪見到眼前的場景，差點又暈死過去。機器人迅速把剛下飛船的四人通通抓住，押到了江穆面前。

此時，那個飛船的駕駛人員走了出來，謹慎地摘下面具，恭恭敬敬地走到江穆面前。眾人仔細一看，那竟然是一個機器人！沒想到江穆做機器人的技術已經到了如此高超的地步，令人不禁倒吸了一口涼氣。

江穆滿意的笑了笑，擺擺手，讓它退到一邊去。隨後，他露出了一抹陰險的笑容，面目猙獰地盯著四人。

「沒想到你們最終還是敗在了我江穆的手上！哈哈哈！」他肆無忌憚地狂笑道。夜晚已經來臨，在寒光的照射下，江穆臉上的刀疤顯得更加恐佈。

四人只感到眼皮沉重，很快便陷入了沉睡……

第十九章 恐懼

「是嗎？」鮮少出聲的陸航道，「我們不是沒路了。」他嚴厲地掃視著眾人，「是死路一條。」

所有人垂下頭，一句話也不說了。

「沒有路就自己開！」婉琪信心滿滿，她向來是樂觀的。

雨瑄茫然地抬頭：「那我們該怎麼辦？我們被囚禁在這麼一個牢籠裡，四面八方都是士兵。」

「辦法總是有的。」白磊盯著地板。

「滴滴」，士兵們齊齊轉頭看向白磊，僵硬的動作彷彿被抽取了靈魂。

「等一下。」一道靈光從雨瑄的腦海閃過，「爺爺！」

「爺爺？嗚嗚嗚……」

雨瑄衝上去捂著婉琪的嘴巴，這才驚魂未定地喘著氣。她顫抖著用水在桌子上寫下三個字：「機器人！」

白磊皺著眉，盯著雨瑄。

陸航震驚地揉了揉眼睛，仔細一想才發現不對勁。為甚麼總是覺得怪怪的，死氣沉沉的，原來爺爺、守衛應該都是機器人。

一股莫名的恐慌湧上心頭，如果「爺爺」是機器人，那麼，他的目的是甚麼？該不會……還有幕後主使？如果那幕後主使是江穆，那我們就一直在被監視。

白磊點點頭，寫下四個字：「金蟬脫殼。」

陸航瞬間明白，但在開始前，他們還缺一個測試。

「喂！小夥子！」白磊揮揮手。一下子，守衛的注意力被白磊吸引過去。他抄起一把椅子，朝一個守衛打去。

守衛一動不動，誇張地嘲笑道：「嚇我們呢？這裡有柵欄，笑死，哈哈哈。」

這下子，所有人都心知肚明了，如果守衛是人類，那他對於這件事絕對有下意識的躲避，就像受到強光刺激會閉上眼睛一樣。可他們沒有，而是著重於考慮現實的情景，這很明顯違反人類的行為規律，這種下意識的反應在幾十毫秒內已經會有反應，而且這種神情，是再高端的機器人都模仿不出來的。

「這下子，我們總算可以確定了。乾脆我們先裝作要在偏門逃走，並發出聲響，引起守衛

們的注意，然後就可以從其他地方逃走了。」這是班長的提議。

雨瑄扯出一抹苦笑，輕輕的搖了搖頭：「人的速度怎麼和機器人比較呢？我們即使能躲它一時，卻根本敵不過它們致命的放射物體。這很有可能就不是人類，而是外星人，傳言不可盡信，也不可盡不信。如果逃走，機器人會立刻報告給總部，到時候成千上萬的機器人一起包圍這片海域，我們絕對就死定了。」

「所有東西都有弱點。」白磊道。

雨瑄轉身戲謔地笑了，笑出了淚花。「弱點？弱點！哈哈哈！所有的東西都有弱點是嗎？那你這句話也有弱點，就是不可能發生！不可能！」雨瑄倒在地上，臉色蒼白得如同一個紙人。

婉琪拍了拍雨瑄，她卻沒有反應，似乎是暈過去了。

陸航把雨瑄抬到床上，大家都沉默了，他們被雨瑄的失控行為嚇了一大跳，卻明白她說的並不是無稽之談。屋子裡一片死寂。連雨瑄都放棄的話，他們就沒有一點辦法了。

不知道甚麼時候，夜幕已經低垂了。月亮消失在層層疊疊的烏雲堆裡了，只留下幾顆若隱若現的星星，像是渺茫的希望。

一夜無眠，更一夜無話。

午夜，一個漆黑的身影從白磊身前漂過。「誰！」白磊迷迷糊糊地喊了一句，伸手去抓，沒抓到，又倒下了。

第二天，晴空萬里，海水被映成蔚藍色。眾人醒来的時候，雨瑄已經梳洗好了。她看起来似乎有些疲憊，眼眶紅紅的，頭髮鬆鬆地扎了一個低馬尾，讓人感覺可憐極了。

「對不起。」她委屈道，「我昨天不該那樣和你們說話的，我也不知道怎麼回事，突然那麼激動。」她抬起頭，試探性地問，「你們是不是生氣啦？我……不是故意的，我……」

「夠了！有話直說。」白磊不滿道。

雨瑄溫聲細語地說：「我知道怎麼逃出去了。」

這句話像一顆炸彈一樣，眾人頓時驚訝地向她投來疑惑而喜悅的目光：我們有救了嗎？

第二十章 孤注一擲

「這個主意有一定的風險。」雨瑄沉思道，「我們要控制它們，為我們所用。」這句話宛如石子投入池塘，泛起一圈圈漣漪。

「我的天啊！瑄瑄，你瘋了？」婉琪的嘴巴都閉不上了，結結巴巴地道。

雨瑄的聲音透露出一絲陰狠：「既然逃不了，那就反殺。」她說罷，恨鐵不成鋼地盯著三個還在猶豫不決的傢伙。

「這個計劃我已經定好了，闖出去搏得一線生機還是等死，你們自己決定跟不跟。」雨瑄冷冷地道。

「你是我的朋友，我自然跟，但我不知道能不能幫上忙。」婉琪弱弱地回答。

白磊瞪了她一眼：「跟甚麼啊？」他轉頭看著雨瑄，「想讓我們幫你，沒問題。但你必須告訴我們你的計劃，我們知道你一個人是絕對不能做到的，對吧？而我們也不可能白白送死。」

婉琪拉了拉白磊的衣角。

「好吧。」雨瑄妥協道，「看見那幾個守衛的共同點了嗎？就是那個插孔上的像 USB 一樣的玩意兒，先把它拔掉，再更改指令。這些機器人的優勢在於團隊合作，如果一個機器人壞了，整個團隊系統就會崩塌。」

「太好了，那麼我們該怎麼執行呢？」陸航很高興，他們終於可以擺脫這個牢籠了。

「等它們晚上充電的時候，我們悄悄地拔了它們的 USB，然後把指令輸入到 USB 裡面。我料它們並不敢殺我們，我們幾個手無縛雞之力的中學生，怎麼打得過那麼多機器人？要麼是因為時間沒到，要麼是我們對它們有價值，這才把我們關在這個小島上，所以你們不用太緊張。」

四人一拍即合：「就這樣決定了！」

為了補充體力，他們立刻去睡了。一覺醒來，夜色濃郁，天已經黑透了，估摸著這時已經大概十一點了。月黑星高，冷颼颼的海風一陣接一陣地呼嘯著，像是怒吼的獅子。

「醒醒！」白磊醒來，一個翻身，急切地拍了拍眾人，大家也立馬精神起來。連嬌氣的婉琪也不再唧唧歪歪，謹慎地跟在白磊的身後，小心地前行。

雨瑄小心翼翼地輸入密碼，因為每次送飯時守衛都會輸入密碼，根據每一個數字產生的不同電子音，她試了五次，就輕易打開了大閘。

眾人小聲地歡呼起來，婉琪拽了拽雨瑄表示高興。自由的感覺真好啊，連他們平時看得膩味至極的景色也變得優美了起來。美麗的樹，美麗的島嶼，美麗的月亮，美麗的自由！天啊！

旁邊的機器人斜靠在樹上，像是在睡覺，和人類簡直一模一樣——除了那條細長的電線，連接著一棵高大的椰子樹。四人恍然大悟，這些「椰子樹」其實全是假的，都不過是偽裝成樹的機器人充電器。見此，大家都緊張起來，似是沒料到這些守衛的幕後操縱者居然這麼陰險！該不會是那個……姓江的人類吧？

雨瑄的腦子越來越亂，她狠狠地連做了幾個深呼吸，才漸漸平復下來。

陸航環顧四周，驚訝道：「沒想到，機器人的數量有這麼多啊。平時都不出現，應該是輪流監管的。」

婉琪難得動了一回腦筋：「這裡是我們小屋的後面耶，這面牆並沒有窗戶，這或許就是他們最脆弱的地方。」

白磊悄悄地踮著腳尖，像一隻偷雞的黃鼠狼，朝離他最近的充電機器人走去。「咔嗒」，他屏著氣，拔下了「USB」。「滋滋滋——」，一段混亂的電流聲響起後，「守衛」低下了頭，甚麼事也沒有發生。眾人的心臟撲通撲通地跳著，心提到了嗓子眼，脊背發涼。

白磊向他們做了個「過來」的手勢，三個人心裡的恐懼已經褪了一半，輕輕地走近附近的機器人們，總共十二個機器人，很快眾人就拔完了「USB」。

「啪嗒」，婉琪一下止住手上的動作，一股莫名的涼意順著脊椎爬滿全身，她拔錯了，拔成了充電線！她一動不敢動，僵硬地轉過頭來，映入眼簾的是一個巨大機器人，它已經甦醒過來。婉琪被它的陰影籠罩著，直視著它的眼睛，大腦一片空白，連尖叫都忘記了，呆呆地杵著。

第二十一章 意外

「你好。」機器人溫和地伸出手，眼裡的紅光消失了，浮現出一抹機械的笑容。

「呃……呃呃，你好。」婉琪從牙縫裡擠出一句話。

一旁的三人簡直要昏死過去。

「請問我是誰呢？為甚麼會在這裡？」機器人友好地問，又環顧四周，十分不解。

「我……我……」婉琪尷尬極了，面對機器人客服一般的標準笑容，愣住一句話都說不完整，豆大的汗珠從頭上滾下來，氣氛降至冰點。她總不能說自己是在逃跑吧！

「嘿嘿，我們是你的朋友，我們被一個叫江穆的人困在了這個島上，我們在準備逃跑嘞。」

白磊尬笑著出來打圓場，婉琪朝他投去感謝的眼神，鬆了口氣。

「哦，原來如此。」機器人若有所思地點點頭，得知他們是自己的朋友後，放下了戒備。眾人面面相覷，看來在給他們拔除「USB」之後，他們就變回了普通的機器人。

「滋滋滋——嘩啦嘩啦——」機器人忽然像瘋子一樣，手舞足蹈，像個神經病一樣到處跑來跑去。眾人目瞪口呆，感覺有一種不祥的預感。

機器人漸漸恢復平靜。「哎呦喂！」它轉了轉手腕，「我回來了！」它很高興，轉頭對眾人道，「謝謝你們，我又能再次控制我的身體了！」眾人不解。它嘆了一口氣，娓娓道來：「其實我原來是一個鮫人，卻被抓了起來，『他』要把我們做成機器人，訓練我們成為獵殺軍隊，我根本無法控制自己。」

「不過。」他話鋒一轉，邪惡地笑笑，「現在就是另外一回事兒了。」它真摯地握著婉琪的手，「我們可以組成聯盟，我們一起逃，我幫你跟『他』假通報。」

眾人喜上眉梢：這真是太好了！得了這麼一員大將，我們的逃跑計劃基本已經成功了一半了啦！在大家的齊心協力下，另外十一個機器人也甦醒過來，加入他們的「逃跑大軍」。

陸航問道：「他是誰啊？」

機器人搖了搖頭：「我不記得了。」

雨瑄低頭想著各種可能，忽然靈光乍現，她激動地問：「是不是姓江？」她眼裡帶著期盼和恐懼，暗暗祈禱自己能得到否定的答案。

它撓了撓頭：「不好意思，我想起來了，他的確姓江，好像……叫江穆。」

眾人聽罷，原本放下的心，又提了起來。

陸航找不到逃生工具。最後，機器人決定讓眾人趴在他們身上，把他們載到琉璃殿。從這個偏遠的小島到琉璃殿的路程需要一天一夜，眾人小睡了一會，只有雨瑄憂心忡忡地想著自己

的計劃。今天小夥伴們都異常和諧，連婉琪和白磊都不吵不鬧，安安靜靜地坐著，這讓雨瑄感覺有甚麼東西隱隱不對勁，卻又說不上來。

一座流光溢彩的華美宮殿由遠及近。「這裡白天守衛沒有晚上森嚴，現在是艷陽當頂的大中午，是最好的時機。記得從那個天窗小門偷偷進去，做事務必謹慎，江穆不是甚麼簡單的人物，他心機極深，手段毒辣，實在不行就先逃走，千萬不可暴露自身，知道了嗎？」機器人們你一言我一語，絮絮叨叨地說了許多叮囑的話，然後便離開了。

「嗯，拜拜。」婉琪的聲音帶著濃濃的鼻音，淚眼朦朧地和機器人們一一惜別，因為他們不知道，這會不會是最後的訣別。

一行人又悄悄下海往糧倉的天窗游去，婉琪環顧四周，見周圍沒有人，就在白磊的攙扶下，鑽進了那個小洞，白磊、陸航和雨瑄也跳了進去。

雨瑄見大家都沒事，也鬆了口氣，連忙從口袋裡掏出小葉子，讓大家吃。畢竟萬一一會有

人來了，就完蛋了，速戰速決，免得夜長夢多。

第二十二章　背叛的代價

「林雨瑄！有完沒完！你還想騙我們到甚麼時候！」婉琪低聲啜泣起來，眼睫上掛著晶瑩的淚珠，怨憤而不甘地抬頭望向雨瑄。

「你以為沒有人知道你的把戲嗎？你很聰明是不是？我早就知道了！你和那個老妖婆說的話我們全都聽見了！你根本沒有把我們當成朋友，我們不過是你的工具罷了。騙我們吃下這片爛葉子，走到你創造的地獄之門裡，你就能獲取我們的力量了，你少跟我在這裝甚麼姐妹情深，這都是你的陰謀，對吧？」婉琪奮力甩開雨瑄的手，冷笑著睥睨著她。

陸航隨即站了出來：「林雨瑄，你真令我失望，你可真惡毒，我真的很後悔曾經和你做過朋友。」

正要把葉子遞給眾人的雨瑄看著面前苛責她的三人，微微一愣，她不知道為何引起婉琪的責罵，只覺頭暈目眩，她張了張嘴，似乎是想解釋點甚麼，又不知該從何解釋起。她怔怔地站著，緊緊地攥著雙手，像失去了痛覺一般，臉上的血色瞬間退得乾乾淨淨。

趁她不注意，白磊迅速抓起那些白色的小果實，給婉琪和陸航一人發了一顆。

雨瑄沒有料到這些變故，憤怒、恐懼和驚訝的情緒攪成一團，面對著昔日的小夥伴，她只能低聲下氣地哀求到：「不要，不要吃，它會害死你們的，不要……好不好？我求你們了！」

眾人吃了一驚，沒想到雨瑄這麼卑微地乞求他們。

「不要！」雨瑄聲嘶力竭地尖叫，連站起來的力氣也沒有了，拽著婉琪的衣角。

白磊的臉上閃過一絲轉瞬即逝的不忍，他冷笑道：「呦呦呦，林同學，為了讓你的帝國大業計劃實現，你還挺拼命。不過我們既然識破了你的真面目，又怎麼會被這點苦肉計打動呢？」

婉琪嫌惡地瞥了一眼雨瑄，笑眯眯地問白磊：「東西都到手了，還跟這個叛徒糾纏些甚麼？趕快吃啊。」

「哈哈。還是婉琪說的有道理。」白磊率先吞下那顆乳白色的果實，婉琪和陸航隨即一口吞下，完全不給雨瑄反應的時間。

一道白光閃過，三個人消失在半空，海底除了雨瑄的喘息聲，一切都靜的可怕。她顫抖著手，從兜里掏出那顆石頭，發現它變大了，那一股噁心的魚腥味被一陣油脂的香氣取代，石頭的表面也光滑了許多，那種刺眼的暗紅色變成了血紅色。

她頓了頓，隨即瘋狂地笑起來。

「你們活該，你們都活該。懷疑我，背叛我，這是你們應得的！能為我所用，是你們的福氣。」她邊笑邊哭，撫摸著那顆石子。

過了一會，她已經被憤怒填滿了，她扯起一個嚇人的微笑弧度，怒視著一切，從包裡掏出一把匕首，走向大堂正中間。

映入眼簾的是一顆藍色的心臟，有一個人那麼高，一鼓一鼓地跳動著，像一個胎兒一般浸泡在渾濁又粘膩的綠色液體里，貪婪地吸取著營養，噁心極了。雨瑄腥紅著眼，搗破外表的薄膜，黏糊糊的血水順著破口流淌下來，融進了海水中，最後瓦解了整個心臟的血液供應系統。

肥膩的心臟劇烈地蠕動著，掙扎著，像一條蟲子一樣。雨瑄一刀一刀地刺著，心臟滲出了墨水般的血液，濺在她的臉上。沒過多久，她把心臟攪成了軟爛的肉塊，它也停止了跳動。

「是誰！」一聲怒吼。

雨瑄不慌不忙，悄悄鑽進了準備好的地道里，像一條墨魚一樣神不知鬼不覺地逃走了，海底世界的影像是模糊的，逃跑，對聰明的雨瑄來說，簡直是易如反掌。不一會，頭頂傳出驚慌失措的尖叫聲和急促的腳步聲，響徹整個海底世界。

第二十三章

計中計

「怎麼辦？助手失去了這個，一定會對計劃很不利的。」

「不知道啊，他從來沒有告訴過我們任何補救方法，也應該沒有料到會發生這樣的事。」

「我們搜查一下附近吧，兇手肯定還沒逃多遠……」

此時的雨瑄，早已趁侍衛談話之際，偷偷溜回被江穆抓住的地方，想趁他狀態不好把他給控制住。

雨瑄繞到江穆背後，趁他不注意，先下手為強，拎起地上的石子，狠狠地向他的後腦勺打去。江穆被突如其來的攻擊驚到，稍微愣了一下。雨瑄見他還沒反應過來，抽出腰間的匕首，

向江穆飛撲過去。對面的機器人察覺到危險，紛紛拿出激光劍，護在江穆身前。

不知道江穆是不是腦子進水了，也不躲開，像個呆子一樣直挺挺站在那裡。多虧了機器人的幫助，他才暫時逃過一死。

雨瑄以為是因為自己破壞了藍色心臟的原因，令江穆失去了重要的能量來源，便更加努力地尋找突破口，殺入陣營。

江穆斜眼看著雨瑄，像是對她的輕視，認為對方不會來威脅自己。

突然，所有機器人手上的激光劍都失效了。不僅是江穆，連雨瑄也被驚到了。她心中暗想：原來心臟破碎的話，武器也會通通失效啊。妙啊！真是天助我也。

她立馬把匕首架在江穆脖子上，其他機器人都不敢輕舉妄動。

江穆開口了，透著一絲懇求的語氣：「我知道你是為了尋找你的爺爺才來的……我並沒有害他，他是死於一場大風暴。」

雨瑄紅了眼眶，但拿著匕首的手仍然沒有放開。「還想騙我！」她不管不顧地吼道，「那爺爺機器人是怎麼回事？」

江穆無奈地說：「你不信我的話也沒有辦法，但請把我放開吧，我現在也無法傷害你。」

她凝視著江穆，內心充滿矛盾與悲傷，她想起了爺爺生前的模樣。雖然她一直懷疑江穆背後真正的動機，但此刻她感受到了他的無助和誠懇。思索片刻後，她緩緩將手放了下來。

江穆臉上的神情依然是一副可憐兮兮的哀求模樣，卻藏著一絲陰險和狠毒。突然，有一批新的機器人趕了過來，手上拿著一些近戰武器，鐵棍啊、劍啊之類的，圍成一個大圈。

雨瑄頓時恍然大悟：自己被騙了！她想重新控制住江穆，卻已經來不及了。江穆看準時機，以迅雷不及掩耳之勢，閃電般奪過雨瑄手中的匕首，瞬間轉危為安。

看著江穆得逞的模樣，雨瑄心生一計。

「怎麼樣，我說過了，你們鮫人和人類比起來，沒有勝算。」

「哈哈哈！」雨瑄毫無預兆地大笑起來，「不錯，不愧是這場陰謀的始作俑者，真是天衣無縫的計劃啊！我就知道你是個聰明人，所以才試試你。」她渾不在意地吹了吹口哨。

江穆攤攤手，諷刺地看著雨瑄：「這又是甚麼把戲？石頭？」

雨瑄害怕地往後退了退：「你？你怎麼知道？」

第二十四章　憤怒

「你以為這樣就能打敗我了嗎？」江穆的聲音沒有起伏，聽不出情緒，「就算鮫人一族的命也好，也還是我的手下敗將。這就是一個謊言！你以為這個石頭有甚麼用？它就是個廢品！沒想到啊，騙過了鮫人一族，還騙過了你。你就等著吧，我就算不殺你，它很快就會把你的靈魂吞噬乾淨了。」

「你們，都該給我父親償命！你們整個種族滅絕也好，都活該。何況，你們對我可有大用處。能成為我的實驗品，是你們的榮幸。」他的聲音愉悅極了，帶著貪婪和惡毒。

「你這個恩將仇報的傢伙！如果不是丑怨公主，你的父親早就死了，哪裡來的你！他欠她一條命，你更欠她一條命！」雨瑄走投無路，恨意湧上心頭，「你個畜生！殺了幾萬條鮫人，

還不夠嗎！」

「你也知道，鮫人有著幾百年的壽命，我只是通過他們來做實驗，創造不死藥罷了。我們之間的恩怨，還沒了結呢。」江穆不屑道，「我殺害那些接近百慕達三角的人，故意散佈謠言，讓那些愚蠢的人類不敢再接近這裡。這樣一來，就沒有人可以揭發我的計劃了。我的想法很成功，不是嗎？」

看著雨瑄不可置信的表情，江穆清了清嗓子，繼續道：「哈哈哈，人類是多麼的自私！他們會為了自己的私利，自相殘殺，甚至發起戰爭，視生命如草芥。不過這樣也好，他們曾欺壓過我，傷害我，我永遠都不會忘記他們那副醜惡的嘴臉。現在，我有了力量，很快就可以展開復仇。只有強者能夠主宰這個弱肉強食的世界。我將會成為那個強者，並擁有至高無上的權力！」

雨瑄惡狠狠地盯著江穆，心中的怒火無法壓抑地爆發出來：「你個喪心病狂的變態！你不也是為了自己的私利而不擇手段地殺害無數的鮫人嗎？你所謂的實驗只不過是你自私的藉口罷了，我不會讓你得逞的！」

「其實你挺有意思的。」江穆圍著雨瑄繞圈圈，「咱們都是一路人。你為了家族的榮譽、族人的存活，做了許多不必要的事，攤上了這攤子破事，天天提心吊膽，幹著一不小心就要掉腦袋兒的活，難道有意思嗎？」

雨瑄掙扎了一會。江穆淒涼地朝她笑笑：「我小時候，和母親在王國裡長大，受了多少人的侮辱。他們！他們說我是沒有父親的野種。你受過那種委屈嗎？」江穆激動起來。

雨瑄同情地點點頭：「我知道。我三歲的時候，父親出軌，母親帶著弟弟改嫁，把我拋給爺爺。爺爺他一個人撫養我長大，不光是幼稚園、小學，我一直是所有人的笑料，是老師眼中班級裡的小偷、欺負同學的壞種。」雨瑄想起這些往事憤怒極了，眼底盛滿怒火，「我應該扒了他們的皮！拜高踩低的傢伙！」

「這不是你的錯。」江穆感動極了，認為他的激將法奏效了，鼓勵地拍拍雨瑄的肩膀，「跟

著我，以後你就是我的親妹妹，我護著你。其實，你本質上和我是一樣的人，有著相似的靈魂。」

雨瑄微微有些遲疑：「真的嗎？」

「當然。不過是人就有私心，我也有，你聰明且無情，這是我理想中的合作夥伴。和你在一起，我們一定能擴張我們的帝國。」

雨瑄聽見他的要求后，面無表情地說：「可以是可以，那我有何好處呢？」

江穆忽然哈哈大笑：「少不了你的權力和榮華富貴。」

雨瑄聽見這承諾才高興地咧開嘴，笑了起來。

「再有情有義的人又如何？沒有人不愛錢財，不愛權利。這小姑娘啊，真好騙。」江穆暗自盤算。

在江穆哈哈大笑之時，雨瑄毫不猶豫地舉起手中的利刃，直取江穆的心臟。

然而，江穆早已料到雨瑄不會那麼容易順服。他趁雨瑄一不留神，瞬間抓住她的手腕，讓她的攻擊偏移，僅僅割傷了自己的肩膀。雖然沒有危及到自己的性命，但那股鑽心的疼痛還是令他失了神。

江穆正愣神時，發現自己的胸口多了一個黑洞，鮮血緩緩地漂散在海裡，和溫熱鹹腥的海攪在一起。他想喊人，卻喘不上氣。他轉頭一看，瞳孔放大，手伸在半空，喉嚨裡傳來咕嚕咕嚕的聲音：「是你？」

「是的，陛下。」機器人拿著刀，恭敬地回答。

雨瑄從暗處衝出来，拔出那把沾滿藍色血液的匕首，深深地刺進他的胸膛。一刀又一刀，直到他的血液和海水混成了一片血霧。

江穆臉色慘白，渾身千瘡百孔，像是被遺棄的破布娃娃，又像當初他們第一次見的鮫人。他死死地盯著雨瑄，看著她臉上的鮮血，彷彿是在質問，又或許是在後悔。

「江先生，永遠不要低估人的惡念。哪怕『他』只是個孩子。」雨瑄這才真心實意、歡快地說：「誰肯和別人共享權力呢？」

江穆瞪大了眼睛，死不瞑目。那句「誰肯和別人共享權力呢？」化作利刃，狠狠地刺進了他的心臟，這就是殺人誅心。

「呵呵，單憑假冒爺爺的事，我就和你沒完。你算甚麼東西，敢假冒爺爺？」雨瑄湊近，用只有他們兩個才能聽見的聲音，緩緩道：「你不配。」

「我好心肯和你共享權力，你卻這樣對我！我江穆……終究還是……」他頓了頓，道，「想不到我……竟……敗給了一個……」

「哼，你以為自己很可憐，能打動我放過你嗎？搞笑。」雨瑄翻了個白眼，拿起匕首，準備再補上最後一刀。

「好，好！」他掙扎著大吼：「林雨瑄，你是個爽快人！我詛咒你被世界遺忘！」

「這真是一個恐怖的詛咒，但我不怕，你只是一個懦夫，我不是。」雨瑄惡毒地笑了。

「太像了，一模一樣……那年冬天，他死的時候……」江穆斷斷續續道。他還沒說完，就斷了氣，死不瞑目。「江穆死了，但江穆永生了……」

她呢喃著：「這是甚麼意思呀。」

遠方悠揚的歌聲飄來，伴隨著號角和鯨魚的長鳴：「純潔的羔羊們啊，歡迎來到地獄呀……」

十二個機器人合力抬走了江穆的屍體，埋在地底。這時天色已經昏暗下來，一浪一浪的海水被浸成了一半的艷紅色、一半的碧青色，海鷗則被染成了璀璨的金色，就像浴火重生的鳳凰，

高傲地展開翅膀。遠處的山巒若影若現，連綿不斷，構成一幅安詳靜謐的山水畫，美麗的火燒雲流轉著，時刻變換著。

「這好像是……我們剛來的那一天啊。太像了。」雨瑄怔怔呢喃著，像走火入魔了一般。

「甚麼？」機器人感到很奇怪，疑惑地道。

「沒甚麼。」雨瑄眼眸中帶上一絲霧氣，努力地吸了吸鼻子，日落時分，她明顯感覺到海水的溫度伴隨著她的體溫在一點一點地流失。

「起霧了，走吧，回去。」雨瑄別過視線，往深海游去。

「起霧了嗎？沒有顯示啊。」童話歪著頭，努力地收集著周圍的天氣資訊。

第二十五章　你是我們的王嗎？

雨瑄在鮫人們的簇擁下緩緩站上水晶宮的塔頂，這裡是整個鮫人國最高的地方，可以俯視整片荒蕪的海底。陽光灑在雨瑄的身上，為她身上優雅清高的綠海藻長裙增添了幾分豔麗的色澤，綠中帶藍，彷彿琉璃一般璀璨奪目，帶著威嚴不可冒犯的帝王氣質。

雨瑄身穿珍珠點綴的裙子，拖著長長的裙擺，頭戴一個紅珊瑚髮簪，手裡拿著象徵女王的手杖，俯瞰著所有的臣民。

「我們的女王，我們的女王！您是鮫人國的統治者，是我們尊貴的女王陛下——淵靈陛下！」成千上萬的鮫人匍匐在地，向雨瑄表達來自鮫人族最大的敬意。

雨瑄點了點頭，稍微欠欠身，讓他們站起來。

一位帶著面具、披著黑斗篷的老人緩緩地靠近，拿著一瓶奇怪液體，彌漫著血腥和肉香。他閉著眼，念念有詞，渾身抽搐，口吐白沫。

雨瑄厭惡地蹙著眉，和他保持一大截的距離。

一個侍衛走來，向雨瑄解釋道：「他是在檢測您是否鮫人血脈，通過檢查後，您就可以正式成為女王了。」

雨瑄笑了笑，打斷了巫師的儀式，堅強有力地宣佈：「別費力氣了，我不是鮫人。」

鮫人們震驚極了，人群霎時騷動起來。

「你不配做我們的女王，你不是鮫人！你不是鮫人！」不知道誰喊了一聲，牠們憤怒地附和道，「你是個騙子，你在愚弄我們！」

雨瑄斂去所有的表情，抬起手，眾人被她震懾到了，一下子靜若寒蟬。雨瑄平淡地質問道：

「血緣重要嗎？它有用嗎？它除了成為我們的死穴和把柄，把我們拉進深淵，還有甚麼別的用處嗎？」

鮫人們面面相覷。

「本領和力量才是衡量一個領袖的標準。」雨瑄平靜地道，她狠狠拔下頭上的紅珊瑚簪子，一頭瀑布般烏亮的頭髮飄散開來，「如果你們認為我不能做你們的領袖，我便不做了。」她轉身，準備離去。

巫師這時才沙啞地說：「你確實不是鮫人，更沒有鮫人的血脈。」

「甚麼？！」雨瑄一下失了態，手中的簪子滑落，發出「叮噹」一聲的脆響。她頓時頭疼欲裂。

「我不是鮫人血脈嗎？難道不是麼？」她呆呆地重複著。

巫師沉重地點點頭：「是的，女王陛下。」

「如果我沒有鮫人血脈，我怎麼能……解除……可是幽說……我是鮫人血脈的一個支派啊……」雨瑄久久回不過神。

巫師也意識到了這個問題：她是如何解開封印的呢？「誰是幽？」他的嗓音太過乾澀嘶啞，讓人聽不太清楚。

雨瑄顯然嚇了一跳：「幽也是一位巫師，是鮫人公主丑怨的姐妹，你難道不認識？」

巫師一愣，雖然看不見他面具下的樣子，也能感受到他的震驚：「鮫人公主？寧心？幽？丑怨公主殿下？」

雨瑄一個踉蹌，不死心地再問：「那我是誰？」

巫師回答：「回女王陛下，這個瓶子能辨別是否有著鮫人血脈，有些人可能擁有鮫人血脈，卻是以人類的形態出現，這很常見，不過……」他欲言又止。

雨瑄閉了閉眼：「請說吧。」

巫師斟酌了一下，道：「我無法辨別您的血脈，我不知道您的祖先是誰……」

「所以，這就是我沒有被那個石頭吞噬的原因嗎？」

巫師點點頭，看向雨瑄的眼神變得敬畏起來。

「那我是誰？我不是淵靈吧？他們認錯了？」

鮫人們開始竊竊私語。

巫師看了雨瑄一眼，沒有回答。轉頭昭告道：「你們的女王雖然不是鮫人，卻有著尊貴的鮫人血脈，符合我們的法典。」

鮫人們服從地點了點頭，似乎對於這個答案沒有不滿。雨瑄十分意外，不過血緣不血緣的，現在已經不重要了。

第二十六章 安息

這一切對雨瑄來說都來得很突然，各種不同的情緒在她的心底湧現出來，令她難以冷靜下來。

面對了三個小伙伴的死亡，與邪惡的江穆對戰，得知爺爺已經去世了……

雖然她當時憤怒至極，認為都是伙伴的錯，但現在想想還是有些不忍。他們本來是可以和自己回到香港，恢復以前平靜而美好的生活，卻被自己拉到一個詭異的時空，承受著他們不應承受的恐懼。

想起三人和自己以前的點點滴滴，一顆熱淚從雨瑄的眼角滑落。

這是她第一次為了友誼而落淚。

她起身準備回家，卻忽略了一封留在小木桌上的信。

第二十七章 過往和未來

泛黃的燈光下，穿著牛仔連衣裙的女孩輕撫著另一個女孩的後背，那女孩抽噎著：「可是，明年……明年就……」

「行了。」她回應道，及肩的頭髮壓得低低的，看不清神情。

「那個，我們明天去淺水灣玩吧，還可以在那裡過夜，吃美味的燒烤。」有人提議道。

「好呀。」一行人都很高興。

誰也不知道，叢林後，一雙深邃的眼眸無神地盯著一切，手裡死死捏著一張破碎的照片。

她沒有阻攔，沉默地轉身走進了陰影中，夏日的海風吹來，留下一抹靛藍的身影和一張泛黃的

照片。

背景是藍得發黑、發紫的……海。

「既然如此，那就忘了你哥哥吧。你們沒有消失，而是沒有存在過，肯定會好受些。」雨瑄微笑地撫摸著一個女孩，看著她長而翹的睫毛和白裡透紅的小臉。

她在蒼白的月光下無神地走在熟悉的香港街道上。「瑄瑄，嘻嘻，是我呀！」是一個嬌小的女孩，她抱著她，蹦蹦跳跳的。

遠處是一座金碧輝煌的璀璨宮殿，周圍是好漂亮的海草，碧綠碧綠的，在海水裡跟著節奏，快樂地搖曳著。

她把思緒拉回現實。

「友誼和族人，這是你需要做的選擇題。」

「林雨瑄，你真神奇。」

「我這輩子做過最後悔的事，就是曾經和你做過朋友！」

「甚麼事情都有弱點……」

「你活該！」

她頭暈目眩，腦中的一幕幕浮現在眼前。三個小夥伴和她在漫山遍野的鬱金香花海中跑過一個又一個山頭，溫暖的陽光照射在幾人的笑靨上，像是一場夢。

「哎呦！疼！」婉琪跌倒了，拉得雨瑄一個踉蹌。

她低頭查看，發現獨自身處在深夜時分，悠揚的月光被層層疊疊的樹遮蓋了。習習的寒風凜冽，讓人感受到刺骨的涼意。周圍長著半人高的雜草，抬頭看去，原來是一個墳場。

「爺爺。」她走過去，「好久不見了，你還好麼？」

周圍又起霧了，白茫茫的一片。

後傳 給雨瑄的一封信

親愛的雨瑄：

瑄瑄，我是婉琪啊，相信你一定打敗了那個死機器人老頭了，對吧？我就知道瑄瑄最棒了。如果你知道我們是故意的，可能會記恨我們，但是這是我們自己的選擇，你有振興家族的使命，我們也幫不上甚麼忙。如果以後發生了甚麼事，雖然沒有你可愛的小婉琪在你旁邊了，但是你也不要太傷心，因為這樣我也會難過的，瑄瑄，照顧好自己，拜拜啦，我們下輩子也要做好朋友哦！再見！拜拜嘍！

雨瑄你好，我是白磊。生死攸關，孰輕孰重，捨一己之身救鮫人國萬民，我願意這麼做，但請你照顧好我的家人，最好讓他們忘了我，我不想見到他們傷心，特別是我的小愛哭鬼妹妹。

林雨瑄，你一直讓我捉摸不透，但我提醒你，不要成為江穆。不過我承認，遇見你確實是一件很好的事，你是我見過最聰明的女孩子，你的謹慎和才學，我自愧不如。謝謝你，和你成為朋友，是一件很好的事，我從不後悔。

雨瑄，我是陸航。真的很對不起，我那天說了那些傷害你的話，我們只是希望你能打贏這場戰役。在這一路上，你讓我見識到一個幾乎完美的人是甚麼樣子。你博學多聞，機智聰明，成績也是年級第一，在人群裡像是一顆閃耀的星星，璀璨奪目。我知道我配不上你，但是我還是想告訴你，我喜歡你。

你的好朋友們

謝婉琪、白磊和陸航

＊＊＊

「你們都寫好了吧？」婉琪笑瞇瞇地問。

「寫好了。」白磊和陸航回答道。

「陸航，你的耳根怎麼紅了？」婉琪疑惑極了。

「啊？沒有吧。」陸航驀地抬起頭，有點尷尬地問。

「嘻嘻，你寫了點啥玩意兒？」白磊不懷好意地從他背後竄出來，搭著他的肩膀，搶他的信紙，壞笑道。

「白磊！」陸航氣急敗壞地瞪了他一眼，「你可別瞎說話。」邊說邊朝他打著手勢。

「嘿嘿嘿。」婉琪和白磊心照不宣地對視一眼，知道自己猜得八九不離十了，他那點心思，他們早就發現了。

「你們說，瑄瑄看見了會不會難過啊？」婉琪嘆了一口氣，憂慮地看向熟睡的雨瑄。

「有些事她必須知道。」白磊咬咬牙，決定道。

「或許……我們可以演一場戲？」陸航建議道，「幽說過的，背叛的力量，憤怒的力量……」

（全書完）

迷霧

校名：　英華女學校
作者：　肖雋姝、丁仔、李紫彤
內頁插圖：　黃煦晴、郭千惠
顧問老師：　鄧綺橋、廖仲儀、周明欣
比賽評審：　楊柳

編輯：　Margaret
封面設計：　三原色創作室
內頁設計：　三原色創作室、Dorotheus
出版：　紅出版（青森文化）
地址：　香港灣仔道133號卓凌中心11樓
出版計劃查詢電話：(852) 2540 7517
電郵：　editor@red-publish.com
網址：　http://www.red-publish.com

香港總經銷：　聯合新零售(香港)有限公司

出版日期：　2024年7月
圖書分類：　流行讀物 / 小說
ISBN：　978-988-8868-53-7
定價：　港幣50元正